MW01070082

Подорож у часі до Святого Миколая

12 найулюбленіших українських свят

Ліззі Твітті Дені Томсон

Одного чудового сонячного дня Софійка й Тарасик отримали неймовірну пропозицію від свого друга. Веселий Тролик Чупруня з кумедною помаранчевою чуприною запропонував їм подорож у часі! Діти давно мріяли більше дізнатися про Святого Миколая, і тепер їхня мрія могла справдитися. Разом вони вирушать у далеке минуле, щоб побачити, як жив і творив добро Миколай, та відкрити для себе таємниці його милосердя. Попереду на них чекають незабутні пригоди!

Вирушимо з ними й ми!

ЗМІСТ

Ранок з Троликом Чупрунею

У великому лісі, де старі дуби шепочуться між собою, а ялинки щедро прикрашені снігом, жив веселий Тролик Чупруня. Ліс був особливо гарний цього зимового ранку, адже наближався чудовий день – свято Миколая.

Маленький Тролик прокинувся рано. Він вже давно став символом мудрості, оптимізму і доброти для всіх мешканців лісу. Він хотів причесати велику помаранчеву чуприну, але вона не слухалася гребінця. Його чуприна мала таку властивість підніматися догори, коли Тролик радів, а якщо брати до уваги, що він завжди був у доброму гуморі, то і його волосся постійно стирчало в усі сторони.

Чупруня весь час у пошуках нових історій і пригод. Його улюблене заняття – розповідати кумедні байки, стародавні легенди та подорожувати в часі. Свої таємниці він ховав у магічній скрині, яку старанно оберігав.

Очі Тролика сьогодні блищали від захоплення, адже надходило свято, а його маленькі друзі Софійка й Тарасик зовсім нічого не знають про Миколая Чудотворця. Він одягнув свій найкращий святковий червоний светр, потім випив духмяного чаю з шипшини з яблуками та корицею, (теплий, зі смаком зимових пригод, чай чудово підходив до святкового настрою) і вирушив до затишного містечка.

Там в невеличкому чарівному будиночку мешкали Софійка та її брат Тарасик.

Діти ще були під теплою ковдрою, насолоджуючись вихідним ранком. Сонце яскраво світило крізь фіранки, заливаючи кімнату м'яким світлом, а діти з цікавістю розглядали сторінки великої книги. Тарасик затримав пальчик на яскравому малюнку Святого Миколая і вигукнув:

– Цікаво, що він принесе цього разу?

Софійка, задумливо гортаючи сторінки, відповіла:

– Напевно, щось чарівне, як завжди!

Їхні очі світилися захопленням, ніби занурюючись у казку.

Раптом двері тихенько відчинилися, і до кімнати зайшла мама, тримаючи на таці дві чашки гарячого какао.

– Може, зробимо перерву на сніданок? – запитала вона з посмішкою.

Тарасик неохоче відвів погляд від книжки:

– Ну-у, хіба що на кілька хвилин, – неохоче протягнув він.

Софійка захихотіла, і вони побігли до столу, обговорюючи, як Миколай цього року може їх здивувати.

Але здивувало їх інше. Несподівано вони почули тихий стукіт у двері. Випереджаючи та відштовхуючі один одного, радісно побігли до дверей. Перед ними стояв Тролик Чупруня.

– Доброго ранку, маленькі друзі! Готові до свята? – привітався він, його голос звучав загадково. – Скоро свято Миколая, а чи знаєте ви щось про нього? – і він уважно подивився на дітей. – А ви, мої дорогі читачі?

– Софійка й Тарасик з нетерпінням подивилися на Чупруню. Тролик сяяв радістю і захопленням, адже він знав, що сьогодні буде день, сповнений магії та чудес.

– Так, готові, готові! – закивали голівками діти.

– Тоді беремося за руки, закриваємо очі й говоримо заклинання.

Тру-ля-ля, вітер дмух,
Перетворить сніг на пух.
Птах у небі робить круг,
Поверни в часи минулі, дух!

Здійнялася хуртовина й усі закружляли у вихорі. Очі відчиняти було моторошно, тож діти міцно тримали один одного за руки і чекали, коли вітер вщухне.

В родині Миколая

Перше диво

Коли вони відкрили очі, перед ними розкинулось лагідне море, яке ледь колихалося під сонячними променями. Поруч, на невеликій відстані, стояв, оточений квітами, затишний будиночок.

– Яке то місто? – запитав Тарасик

– Патара, – відповів Чупруня.

– Патара? Ніколи не чув про таке, – здивувався Тарасик.

– Зараз воно знаходиться на території сучасної Туреччини... Я повинен вас тут залишити, – раптом повідомив Тролик, – маю справи, але незабаром повернусь.

Він швидко зник серед людей, які виходили з храму після молитви.

– Дивись, – Софійка вказала рукою на хлопчика, який вийшов з храму і попрямував до будиночка, котрий вони помітили раніше.

– Міколаю, обідати! – почувся приємний жіночий голос.

– Це Миколай у дитинстві! Він такого віку, як ми! – вигукнув Тарасик так голосно, що хлопчик обернувся та уважно подивився на дітей.

– Так, я Миколай, звідки ви мене знаєте? – запитав він здивовано.

– Та тебе ж усі знають, усі люди на світі! – відповіла Софійка.

– Дурниці! Як мене можуть знати, коли я із Патари ніколи не виїжджав? – засміявся Миколай, – ходімо до нас на обід. Я хочу познайомити вас з моєю родиною.

Діти, як зачаровані, пішли за хлопцем. Сам Миколай запрошує їх на обід!

Мати зустріла їх ласкаво, посміхнулася і поставила на стіл запечену рибу, коржі з медом та сиром, миску з фруктами.

– Виглядаєте стомлено, мабуть, мандруєте з далеких країн? – запитала вона приємним мелодійним голосом.

Діти закивали та накинулися на їжу. Їм здавалося, що вони не їли тисячу років, а батько почав розмову:

– Сьогодні зустрів нашого рибалку Федора, який виглядав дуже засмученим. Старий, що жив зі своєю дочкою в маленькому прибережному селі, був у великій біді. Нещодавно сильна буря на морі зруйнувала його човен і знищила весь улов. Тепер у Федора не залишилося нічого для життя, окрім маленького будиночка.

Очі Миколая наповнилися смутком і виразно промовляли:

– Я так хочу йому допомогти!

Весь день вони грали. Спочатку пускали обручі та намагалися, щоб вони котилися якнайдалі без падіння. Іноді діти намагалися робити різні трюки, поки обруч котився. Потім пішли на берег моря і гралися в камінчики. Це була гра, де вони намагалися збити встановлену ціль або вибити камінчик із певного місця, використовуючи інший.

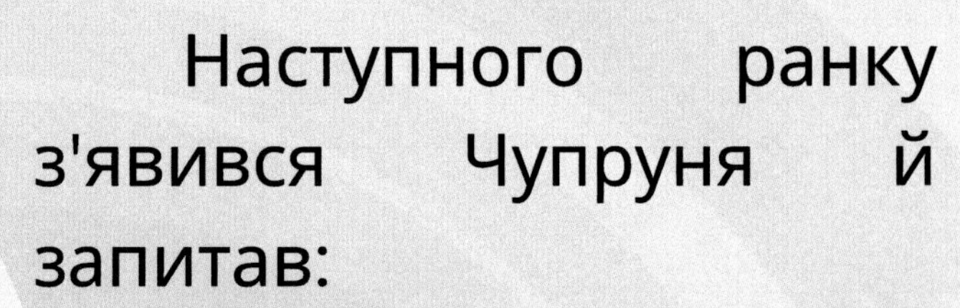

Наступного ранку з'явився Чупруня й запитав:

- Ви чули новину? Усі тільки про це і говорять в місті. Старий рибалка Федір прокинувся вранці та побачив гроші на підвіконні, він не міг повірити своїм очам.

Федір одразу зрозумів, що трапилося справжнє чудо. Тільки пояснити це він ніяк не зміг.

– Це був Миколай, – прошепотів Тарасик.

– Розкажімо людям, що це Миколай, – збуджено запропонувала Софійка.

Але Чупруня одразу зупинив їх:

– Ні, справжнє добро робиться не для того, щоб про нього кричали, та й Миколай образиться.

Потім помовчав і додав:
– Він ніколи не шукав слави чи похвал, а просто робив добрі справи.
– Так, наш тато теж завжди каже: Зробив добро – не чекай вдячності, – додав Тарасик.

Миколай роздає свою спадщину

Завдяки чарівному заклинанню наші друзі легко переносилися в часі і в просторі. Пролетіло кілька років. Сонце огортало світлим ранком місто Патару, але у серці Миколая панував сум. Сьогодні він стояв на порозі свого дому, що тепер здавався йому таким порожнім без батьків. Їх любов, що раніше наповнювала ці стіни, тепер була тільки спогадом. Він залишився один.

Миколай тримав у руках велику дерев'яну скриньку, в якій зберігалася їхня спадщина.

– Для чого мені це багатство, якщо у світі так багато нужденних? – запитав він сам себе, відчуваючи, як вітер ласкаво торкається його обличчя.

Миколай вирушив до міської площі, де вже зібралися люди. Вони знали його, знали його батьків, і всі чекали, що він скаже. Діти пішли за Миколаєм.

– Друзі мої, – промовив він, дивлячись на людей ясними очима, – я хочу, щоб багатство моїх батьків належало кожному з вас.

Люди перезиралися поміж собою, не розуміючи, що він має на увазі. Тоді Миколай відкрив скриньку і почав роздавати гроші, коштовності та інші цінні речі тим, хто найбільше потребував.

– Це ваші гроші. Купіть хліба для своїх дітей, відремонтуйте дах своїх будинків, допоможіть один одному, – казав він, вкладаючи кожну монету у простягнуті руки.

– Миколаю, ти так багато віддаєш, – тихо промовила одна старенька жінка, яку він знав з дитинства, – але що залишиться тобі?

– Моя радість – бачити, як ваші очі світяться від щастя. Це все, що мені потрібно, – відповів він з усмішкою.

Зрештою, коли остання монета була роздана, Миколай зітхнув з полегшенням. Він відчув, що зробив правильний вибір.

– Тепер я мушу вирушити в дорогу, – сказав він, оглядаючи своїх земляків. – Моє серце тягне мене до святого місця, де я знайду відповіді на свої питання.

– Куди ж ти йдеш, Миколаю? – запитав його хлопчик з натовпу.

– Я вирушаю до землі, де ходив сам Спаситель, – відповів Миколай, – щоб поклонитися святим місцям і знайти себе.

Люди провели його поглядами, коли він вирушив у далеку подорож. Вони знали, що більше ніколи не побачать його таким, яким він був до цього дня.

Помандрував Миколай,
за ним пішли і діти.

Три мішечки із золотом

Дорога була довгою, а щоб вона не була нудною, Тролик почав розповідати про Миколая:

– Друзі, чи знаєте ви який вигляд мав Миколай?

– Ні, – в один голос вигукнули Софійка та Тарасик.

– Він був середнього зросту, мав карі очі, темне волосся, смагляву шкіру. А ще кажуть, що, ймовірно, він був вегетаріанцем, – додав Тролик і з посмішкою подивився на своїх друзів.

– Наш дідусь теж вегетаріанець, – гордо відповів Тарасик, – як Миколай.

– Супутником Миколая був маленький віслюк, – продовжував Тролик.

– Я бачила його на малюнках, – схвильовано відповіла Софійка, – у нього чарівне сріблясто-сіре хутро.

– Так, але він земної породи, – продовжував Чупруня, – люди кажуть, що він пра-пра-пра .... онук того самого знаменитого віслюка, що ввіз до Єрусалиму найважливішого гостя дві тисячі років тому.

– А хто це? – запитав Тарасик

– Сам Ісус Христос! – урочисто відповів Тролик Чупруня.

Діти замовкли.

– Так от для кого залишають кілька морквин напередодні свята, – посміхнувся Тарасик, – щоб віслюк не зголоднів.

Раптом Тролик чупинився біля пагорба, на якому нічого не було окрім трави і каміння.

– Бачите це місце? – Чупруня вказав рукою в напрямку пагорба, – кажуть, що тут колись була вулиця з будиночками, а на ній жив колись незаможний селянин з трьома дочками, які вже були на виданні. У батька не було грошей, щоб дати їм придане, тому вони не могли вийти заміж.

Про це дізнався Миколай і тричі потайки підкидав мішечки із золотом. Кожного разу вони потрапляли до шкарпеток, що сушилися над каміном. Так ці подарунки від Миколая зробили їх життя набагато щасливішим, і вони змогли вийти врешті решт заміж.

– Так от чому всі прикрашають домівки червоними шкарпетками, – голосно вигукнув Тарасик..

– Треба повісити якнайбільше шкарпеток. Може Миколай буде до нас щедрим? – пожартувала Софійка.

– Я бачу невеликій лісок, давайте відпочинемо, – попросив Тарасик.

– Так, звичайно, я дуже хочу перепочити, – підтримала його Софійка.

Раптом Чупруня завмер, мов зачарований, вдивляючись у густу темряву лісу.

– Я пригадав ще одну історію, – повідомив він.

– Яку? Розкажи! – закричали діти та посідали на траві готові слухати.

– Про тварин! Було б дивно, якби Миколай не любив тварин, а вони його.

І Тролик розпочав наступну історію:

– Одного разу з далека їхав селянин додому. Дорога була довгою, не встиг він дотемна дістатися до свого дому, от і довелося в лісі ночувати. Розпряг чолов'яга волів, наклав їм сіна, а сам сів біля багаття. Раптом бачить, що зібралися на пагорбі звірі. Злякався чоловік, дивиться, там і вовки, і лисиці, і ведмеді, а ті всі сидять разом і не ворушаться. Як страх вщух, вирішив подивитися він що там і до чого. Підійшов ближче, бачить – сидять звірі в колі, а по центру сам Микола Чудотворець казки їм розповідає та вказівки роздає. Ось скільки помічників у Святого Миколая!

Діти озирнулися навколо, перевіряючи, чи не бродять поблизу ведмеді, кабани чи вовки, потім переглянулися і вибухнули сміхом.

– Чого ви боїтеся? – весело прокричав Чупруня. – Вас сам Миколай боронить!

І ліс тихесенько повторив: боро-онить.... боро-онить...

Подорож Миколая до Святої Землі

Миколай не зупинявся. Він йшов через гори й долини, через міста й пустелі, аж поки не дійшов до святих місць, а разом з ним йшли й наші герої.

– Ого, тут усе таке старовинне! Вузькі вулички вимощені каменем. Дивиться, які гарненькі білесенькі будиночки з глиняними дахами! – захоплено вигукнула Софійка, коли вони дісталися до Віфлеєму.

– Тут колись жив Ісус, – пояснив Миколай, посміхаючись.

На обрії виднілися скелясті пагорби, серед яких ховалися виноградники та оливкові дерева. У центрі Віфлеєму була простора площа, де місцеві жителі продавали овочі, фрукти, зерно і ремісничі товари. Повітря пахло свіжим хлібом та спеціями.

Це місто було тихим і водночас сповненим життя, готовим до великих змін та див, що настануть з часом. А Тарасик, підстрибуючи з радості, раптом помітив великий старовинний колодязь:

– Гей, а можна спробувати дістати води?

Миколай зупинив їх:

– Цей колодязь святий, його колись використовували, щоб вгамувати спрагу мандрівників.

Тролик нахилився, щоб побачити дно і його руда чуприна раптом піднялася догори:

– Ой! Я, здається, бачу дно! Але води немає... Напевно, хтось уже встиг напитися! – сказав він, і всі засміялися...

Одного разу, коли діти та Тролик Чупруня сиділи біля Миколая під зірками, він вирішив розповісти їм одну історію – про маленького янгола-охоронця.

– Колись дуже давно, – почав Миколай, – жив собі хлопчик, на ім'я Іванко. Він був допитливим і любив гратися на подвір'ї цілими днями, але часом забував бути обережним. Одного дня, коли Іванко грався біля річки, він випадково спіткнувся і ледь не впав у воду.

– Ой, і що ж було далі? – стурбовано запитала Софійка.

– На щастя, за Іванком завжди стежив його маленький янгол-охоронець, на ім'я Михась. Це був дуже веселий і добрий янгол, який дбав про те, щоб Іванко завжди був у безпеці. Коли Іванко спіткнувся, Михась підлетів до нього, м'яко підштовхнув, і хлопчик знову став на ноги, навіть не зрозумівши, що його щойно врятували.

– Нічого собі! – здивувався Тарасик. – Іванко навіть не помітив?

– Ні, – посміхнувся Миколай. – Янголи- охоронці завжди діють непомітно. Михась завжди був поруч з Іванком: коли той засинав, він накривав його крилами, щоб хлопчику снилися тільки приємні сни.

А коли Іванко боявся темряви, Михась запалював для нього невидиму зірочку, яка дарувала йому світло.

– Але що буде, якщо Іванко зробить щось не так? – допитливо запитав Тролик, чухаючи свою чуприну.

– Навіть коли Іванко іноді робив щось не зовсім добре, наприклад, не слухав батьків або ображав друзів, Михась непомітно підказував йому подумки, що зробити, щоб виправити помилку. Іванко раптом міг відчути бажання просити вибачення або зробити щось добре для інших.

– Тож існують янголи, які допомагають нам бути добрими? – здивувалася Софійка.

– Саме так, – кивнув Миколай, – янголи-охоронці завжди поруч з нами.

– Ой, а в мене теж є свій янгол? – запитав Тарасик.

– Звісно, – відповів Миколай, ласкаво посміхаючись.

І з цими словами діти затихли, відчуваючи себе у безпеці та розуміючи, що їхні янголи завжди поруч, як і Миколай.

Софійка і Тарасик щовечора чекали Миколая, щоб той розповів їм про маленькі добрі дива:

– Де Миколай? – питали вони у Тролика.

– Немає його, – відповідав Чупруня, – пішов на Чорне море людей рятувати.

Пройшов деякий час. Вони знову питають про Миколая.

– Та немає його, – каже Тролик, – людей від пожежі рятує.

І третього разу Миколая не знайшли, бо він козаків із турецької неволі визволяв.

– Добре, а спробуймо вигадати свою легенду про Миколая, – запропонував Чупруня.

– Жив собі маленький хлопчик, на ім'я Петрик, який не так давно зробив дещо, про що йому було дуже соромно. Якось, граючись у дворі з іншими дітьми, він побачив у Сашка інтерактивного робота-пса, який виконував команди та поводився, як домашній улюбленець, – почав Тарасик.

– Який гарний! – подумав Петрик, – я теж такого хочу!

Коли ввечері усі діти розійшлися, він побачив, що Сашко забув свого улюбленця. Не витримав Петрик, узяв песика та подумав:

– Пограюсь трохи та поверну.

Але гратися не виходило, бо треба було це робити потайки, інакше батьки б запитали, звідкіля у нього ця іграшка? Це не приносило радості. Щоразу, коли Петрик думав про свій вчинок, його серце стискалося від провини.

Наближалося свято Миколая, і всі діти з нетерпінням чекали на подарунки, але Петрик не міг радіти так, як інші. Він був переконаний, що через свій недобрий вчинок залишиться без подарунка.

– Миколай точно знає, що я вчинив недобре, – думав Петрик, сидячи на краєчку свого ліжка начебто маленький горобчик. – Він до мене не прийде зовсім.

Кожного дня він ставав все більш сумним, боявся розказати про свій вчинок батькам, але найбільше боявся, що Святий Миколай забуде про нього.

Настав ранок Святого Миколая. Петрик прокинувся раніше, ніж звичайно, боячись заглянути під подушку. Він був певен, що там не буде нічого, бо він не заслуговує на подарунок.

З важким серцем Петрик таки зазирнув під подушку і... там був маленький конверт.

– Лист від Миколая? – здивувався хлопчик. Тримаючи його тремтячими руками, він обережно відкрив і почав читати:

Дорогий Петрику,

я знаю, що ти зробив недобрий вчинок цього року. В тебе не вистачило сил повернути іграшку, але я хочу, щоб ти знав: я не караю за помилки. Всі ми можемо їх зробити, але важливо, як ми їх виправляємо. Ти мусиш розповісти своєму другу правду і попросити вибачення. Це буде сміливий і добрий крок, і я вірю, що ти здатен на нього.

З любов'ю, твій Миколай

Прочитавши листа, Петрик довго сидів, дивлячись на нього, а серце його почало битись швидше. Він відчув, як полегшення огортає його. Миколай не сердився, він просто хотів, щоб Петрик виправив свою помилку. І Петрик знав, що саме тепер потрібно робити.

З того часу він завжди пам'ятав слова Миколая: помилку можна виправити, головне мати бажання.

Миколай – справжній Чудотворець

Коли Миколай повернувся в Патару, люди зустрічали його з повагою і вдячністю. Вони бачили в ньому не просто юнака, який виріс серед них, а мудрого наставника.

– Дивиться, он на березі моря сидять люди, приєднаємося і послухаємо, про що вони розповідають, – запропонував Тролик і попрямував до вогнища, біля якого сиділо кілька чоловіків.

Дітлахи підійшли до людей і зацікавлено роздивлялися їх обличчя та одяг.

– Чому вони так дивно виглядають – запитала Софійка.

– Тут зібралися люди з різних країн та часів, котрі люблять і цінують Миколая. Є тут моряки, торговці та мандрівники, навіть водії, – поважно відповів Чупруня.

– Цікаво-цікаво. Тобто, не тільки дітлахи люблять Миколая? – здивувався Тарасик.

– Так, – кивнув чуприною Тролик, – послухаймо.

– Розповідають, що одного дня Миколай плив на кораблі, і стався сильний шторм, – почав свою історію один з моряків. – Матроси полізли на щогли, щоб згорнути вітрила, і один з них не втримався і впав на палубу корабля. Миколай підійшов до нього, схилився, почав читати молитви й моряк ожив.

Люди, що знаходилися на палубі, увірували в незвичайну духовну силу цієї людини.

– А я чув, що Миколай приборкав океан, що розбушувався та загрожував перевернути корабель, – продовжував інший моряк, – ми моряки завжди беремо образ чудотворця з собою на риболовлю. Іноді ми навіть змушені малювати його портрет на сушеній рибі, коли більше немає на чому.

Усі засміялися. А Тарасик уявив собі замість щогл з вітрилами величезну рибу, а на ній портрет Миколая.

– Ви, напевно, чули про Нідерланди, країну мореплавців? – додав мандрівник, – Миколаю присвячена ціла столиця – місто Амстердам.

– А ми водії теж завжди беремо іконку Миколая, вирушаючи в далеку дорогу, – додав чоловік сучасного вигляду.

– В старі часи люди вірили, що в ніч на 6 грудня Святий Миколай йде полями, а за ним янголи летять, освячують землю на добрий урожай, – розповів купець.

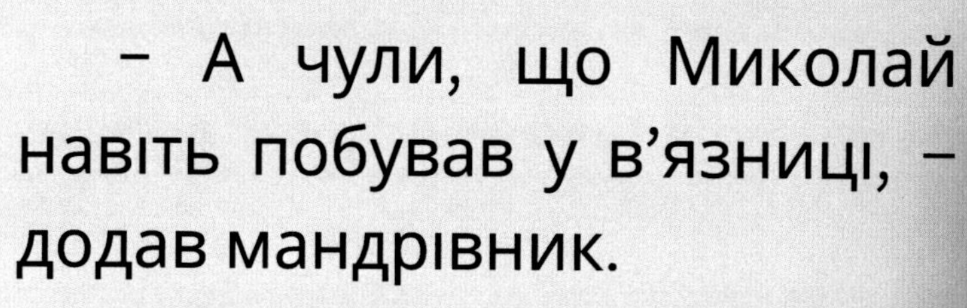

– А чули, що Миколай навіть побував у в’язниці, – додав мандрівник.

– Як таке можливо? – в один голос запитали Софійка та Тарасик.

І тут діти побачили, як до їх компанії наближається Миколай:

– Так, не завжди люди цінують добрі справи.

Софійка насупилась:

– А чому так?

– Іноді дорослі люди можуть боятися тих, хто робить добрі справи. Це їх дивує, або навіть лякає. Вони бояться, що так просто робити добро неможливо. Навіть вважають таких людей за чаклунів, – продовжував Миколай.

– Але ж робити добро – це природно, так? – задумливо заперечив Тарасик.

– Звісно! – усміхнувся Миколай. – Іноді людям просто потрібно більше часу, щоб зрозуміти, що справжнє добро – це не щось дивне або підозріле, а те, що приходить від щирого серця.

– А як їм допомогти зрозуміти? – запитав Чупруня.

– Просто продовжуйте робити добрі справи, не чекаючи нічого натомість, – підсумував Миколай.

Чому Миколая святкують двічі на рік

Коли Миколай пішов, літній вечір огорнув усе теплом і спокоєм. Сонце вже сідало за обрій, залишаючи на небі золотаво-рожеві смуги. Теплий вітерець лагідно ворушив траву навколо. Чупруня запитав:

– А ви знаєте легенду про те, чому Миколая святкують двічі на рік?

– Ні, – вигукнули діти, – розкажи!

Діти посунулися ближче до Тролика. Вони нетерпляче чекали на його розповідь, сповнені захоплення й передчуття чогось дивовижного.

– Якось під час зливи в багнюці застряг віз селянина. Чоловік не міг витягнути його самотужки, тому попросив про допомогу перехожих. Першим виявився святий Касьян, але він поспішав на зустріч із Богом, тому відмовився допомогти. Другим був святий Миколай, який, не довго думаючи, допоміг витягнути воза. Коли Миколай прийшов на зустріч до Бога, Той запитав його, чому одяг брудний. Миколай розповів, як він допоміг нужденному. Тоді Бог запитав Касьяна, чому той не зупинився, щоб допомогти. І святий відповів, що дуже поспішав і не хотів запізнитися на зустріч. Сподобався Богові вчинок Миколая, отож вирішив він подарувати йому свято двічі на рік. Про Миколая згадують не лише в грудню, але й в травню. В народі це свято називають "літнім Миколаєм".

Миколай та Україна

А чи був Миколай в Україні? – раптом запитав Тарасик.

Чупринка розсміявся:

– Думаю, що був. Ну, це ж Миколай! Він міг пройти через чарівні ворота часу, що відкриваються раз на рік, аби привітати українських дітей.

Софійка, слухаючи уважно, додала:

– Може, він н авіть заходив у Карпати? Там люди особливо його шанують. Я чула, що там навіть є Українська Садиба Святого Миколая, яка знаходиться в Національному природному парку "Гуцульщина", і кожен може приїхати туди на екскурсію.

Чупринка знову хитро посміхнувся:

– Хто знає? Може, десь у горах ще й досі є сліди його саней! А я вам розкажу українську легенду про Миколая.

Дітлахи приготувалися слухати, а Тролик почав загадково:

– Давно-давно, ще за княжих часів, відбулась ця історія. Миколай мандрував по Дніпру на чарівному човні, який плив без веслування, лише на хвилях добра і надії. Водночас пізно ввечері човном по Дніпру поверталася молода родина з гостин. Тато веслував, а мати з немовлям на руках задрімала. Аж тут дитина випала з материних обіймів! Як плакала молода жінка, як страждала! Дніпро, здається, навіки поглинув маля.

Мати, мов чайка-небога, квилила на човні: «Святий Миколаю, врятуй моє дитя!» Тільки диво могло врятувати дитину. Горю батьків не було меж. Аж уранці в соборі Святої Софії знайшли немовля. Воно було живе і чомусь тихенько посміхалося. Ніхто не знає, як воно опинилося у храмі. Батьки ж були понад міру щасливі!

– Художник із Києво-Печерської Лаври навіть намалював ікону за цією історією і назвав її Миколай Мокрий.

– Мокрий? – засміялися діти.

– Так, Мокрий, бо він трохи змерз та вимок, коли занурювався у глибокі води Дніпра, щоб врятувати дитину, – пожартував Чупруня.

– І що ж було далі?

Дитинка виросла та дуже шанувала Миколая, а ікона стояла в старому храмі, і люди вірили, що вона робить дива.

- Але під час війни ікона зникла, і ніхто не знав, де вона, – Тролик помовчав, а потім уважно подивися на своїх друзів і додав:

– Багато років потому її знайшли в іншій країні – в Америці! Люди, які переїхали з України, забрали ікону з собою, щоб вона не потрапила до рук ворога. Але ось що цікаво – американці вирішили, що ікона повинна повернутися до України. Вони хочуть повернути її на Батьківщину, щоб вона знову була вдома і радувала українців.

На очах Софійки з'явилися сльози й вона сказала:

– Скільки зворушливих історій пов'язано з Миколаєм.

– І всі вони про добро і щирість, – додав Тарасик.

– Я дуже радий, що мої розповіді роблять вас такими чуйними, – Чупринка теж змахнув сльозу.

ЯК СТАЮТЬ СВЯТИМИ

Добре, остання легенда і повертаємося додому, – повідомив Чупруня, – бо час готуватися до свят.

– Що ти хочеш отримати в нагороду за добре життя на землі? – запитав Господь у Миколая, коли після смерті його душа полетіла на небо.

– Нічого не хочу, – відповів Миколай, – тільки дозволь мені, Боже, хоч інколи сходити з неба на землю і відвідувати дітей, яких я дуже сильно люблю.

– Я знав, що ти про це попросиш. Ти зможеш це робити щороку, в день своїх іменин.

З того часу в ніч з 5-го на 6-те грудня Миколай ходить по землі та розносить добрим дітям подарунки. Якщо ти був чемним – знайдеш подарунок під подушкою, а якщо – ні..... - Тролик подивився на дітей і його круглі очі стали ще круглішими.

Діти завмерли.

– А якщо ні – покладе під подушку різку чи шматок вугілля.

– Ой-ой-ой, мені зовсім не страшно, тому що зараз ніхто не карає дітей різками! – вигукнув Тарасик.

– А іншим разем, – нагадала Софійка, – ти розповідав, що Бог дозволив Миколаю приходити двічі на рік.

– Так, звичайно, – відповів Тролик Чупруня, – другий раз він з'являється 22 травня. В цей день усі просять гарну погоду, щоб був добрий врожай. А ще в цей день не можна заздрити, сваритися, бути байдужим та відмовляти в допомозі.

Софійка подивилася мрійливо на Тарасика:

– От якби це свято було круглий рік.

– І що? – запитав Тарасик.

– Тоді б ти не відмовляв мені в допомозі.

– А ти б не заздрила мені, коли мама мене хвалить, – відрізав Тарасик.

Готуємося до свята

Припинить сваритися! – засміявся Чупруня. – Нам вже час повертатися! Пам'ятаєте заклинання?

– Так, пам'ятаємо! Я вже скучив за мамою.

– А я за татом, – весело сказала Софійка.

Вони взялися за руки та вигукнули чарівне заклинання.

Тру-ля-ля, вітер дмух,
Перетворить сніг на пух.
Птах у небі робить круг,
Поверни в часи минулі, дух!

Піднялася хуртовина і усі закружляли у вихорі. А коли все скінчилося і вони розплющили очі, то побачили свою знайому кімнату, з усіма іграшками на місці. На ліжку лежали їхні улюблені книги, а за вікном весело світило сонечко.

– Невже це було насправді? – тихо прошепотіла Софійка.

Тролик Чупруня, посміхаючись, поклав руку їй на плече й додав:

– Мабуть, так, якщо ми знову тут!

Вони стали готуватися до свята. Тарасик старанно писав листа до Святого Миколая, у якому розповідав про свої добрі справи.

– Ти написала, що допомагала бабусі з пиріжками? – запитав він сестру, стискаючи в руках кольоровий олівець.

– Звісно! А ти згадав про те, що допоміг сусідові знайти котика, який загубився? – відповіла вона з усмішкою.

– Так, написав, – посміхнувся Тарасик.

Коли листи були готові, вони поклали їх в маленьку кольорову скриньку, що стояла біля дверей їхнього будинку.

– Тож Святий забере ваші листи вночі, коли ви спатимете, а вранці принесе подарунки на знак вдячності за добрі справи, – підсумував таємничим голосом Тролик Чупруня.

– Дивіться! Сніг пішов, – Тарасик подивився у вікно і радісно підстрибував, наспівуючи – сніг пішов, сніг пішов.

– Якщо на Миколая йшов сніг, наші бабусі говорили: «Миколай бородою трусить – дорогу стеле», – радісно повідомив Чупруня.

– Дякую, Миколаю, за сніг, – вигукнула Софійка і почала одягатися, щоб піти на двір.

А Тролик подивився уважно на дітей і додав:

– Мені вже час іти додому. Я хочу тільки нагадати вам ще про дві важливі справи.

– Які? – запитав Тарасик.

– Не забудьте зібрати та віднести іграшки для дітей з Будинку малюка. Це така традиція відвідувати сиріт в цей день, бо Миколай і сам рано став сиротою.

– А інша? – нагадала Софійка.

– Я тут залишу рецепт особливого печива, яке називається «миколайчики», – з цими словами Чупруня поклав аркуш на стіл, а Софійка аж підстрибнула від радості:

– Обожнюю пекти разом з бабусею!

І вони побігли гратися у сніжки.

Тролик Чупруня після захопливих пригод із Софійкою та Тарасиком повернувся до свого маленького затишного будинку в лісі. Він відчинив двері і увійшов у кімнату, наповнену теплою зеленою магією. Його улюблена скринька для малювання стояла на місці. І Чупруня, радіючи, одразу взявся створювати нові чарівні картинки про нові пригоди.

– О, скільки ж у мене історій для нових байок! – засміявся Тролик, погладжуючи свій чуб, що піднявся від щастя.

А ви написали листа Миколаю? Тоді ставте черевички на підвіконня та лягайте спати. Й не забудьте залишити біля черевичків кілька морквин для віслюка. А наприкінці нашої історії ви знайдете рецепт «миколайчиків», які ви можете зробити разом з родиною.

Рецепт миколайчиків

Борошно – 600 г
сода – 1 ч.л.
вершкове масло – 150 г (попередньо заморозьте в холодильнику)
цукор – 200 г
яйце – 2 шт.
яєчний жовток – 2 шт.
рідкий мед – 150 г

Спосіб приготування

У борошно додайте соду. На терці натріть холодне масло. Змішайте, додайте цукор, яйця, жовтки і мед. Замісіть тісто. Залиште його на ніч у холодильнику. Вранці розкотіть корж завтовшки 0,5 см. Виріжте фігурки з тіста. Змастіть лист маслом, викладіть печиво і запікайте при температурі 200 градусів до рум'яного вигляду.

Обов'язково розмалюйте готове печиво білим і чорним шоколадом – додайте фігуркам бороду й одяг Святого Миколая!

Смачного!

ДО ЗУСТРІЧІ НА СТОРІНКАХ НАСТУПНОЇ КНИГИ – ПОПЕРЕДУ ЩЕ БІЛЬШЕ ЗАХОПЛИВИХ ПРИГОД!

Щиро дякуємо,
що прочитали нашу книгу! Сподіваюся,
вона принесла вам радість і натхнення.
Якщо маєте відгуки або хочете
поділитися своїми враженнями, будь
ласка, напишіть на електронну пошту.
Також будемо вдячні, якщо ви перейдете
за кодом, щоб залишити відгук і
дізнатися більше про майбутні видання.
Ваша підтримка дуже цінна!

lizzietwitty08@gmail.com

Made in the USA
Monee, IL
30 November 2024

27cb49f5-e253-4e71-b69c-08717e122f09R01